LA CIUDAD
DE LOS
MIL ESPEJOS

CONTENIDO

CAPÍTULO 1: El Viaje

La tarde estaba fría y gris cuando Helena emprendió su viaje hacia la Ciudad de los Mil Espejos. Había oído hablar de esta ciudad mágica desde que era una niña, pero nunca había tenido la oportunidad de visitarla. Ahora, después de años de espera, estaba a punto de descubrir sus secretos.

Helena había recibido una invitación del Gran Magistrado de la Ciudad, un hombre conocido por su sabiduría y habilidades mágicas. La carta decía que tenía un mensaje importante para ella, pero no especificaba de qué se trataba. Helena estaba intrigada y un poco nerviosa, pero también emocionada por la oportunidad de visitar la ciudad de sus sueños.

El camino hacia la ciudad era largo y peligroso. Helena había escuchado historias sobre criaturas mágicas y ladrones que acechaban en el camino, así que se aseguró de llevar consigo su espada y su varita mágica. También había contratado a un guía local, un hombre llamado Samuel, que conocía bien la zona.

La primera parte del viaje fue tranquila, con campos verdes y montañas escarpadas que se extendían hasta donde alcanzaba la vista. Pero a medida que se acercaban a la Ciudad de los Mil Espejos, el paisaje cambió. El cielo se oscureció y el viento soplaba con más fuerza, como si estuviera tratando de detenerlos.

Finalmente, después de varios días de viaje, Helena y Samuel llegaron a las puertas de la Ciudad de los Mil Espejos. Se quedaron sin aliento ante la vista: la ciudad estaba rodeada por una muralla imponente, y los edificios eran altos y relucientes como si estuvieran hechos de cristal. Pero lo que más sorprendió a Helena fue el reflejo de la ciudad en el agua cercana: parecía que la ciudad se extendía hasta el infinito, con mil versiones de sí misma reflejadas en la superficie del agua.

Helena se dio cuenta de que había llegado a un lugar muy especial, y se preparó para descubrir los misterios que la Ciudad de los Mil Espejos tenía para ofrecer.

CAPÍTULO 2:
La Bienvenida

Después de pasar por los guardias de la muralla, Helena y Samuel entraron en la ciudad. El aire estaba lleno de aromas dulces y exóticos, y la gente parecía moverse en un baile suave y elegante.

En el centro de la ciudad se encontraba el Palacio del Gran Magistrado, un edificio enorme con cúpulas doradas que brillaban al sol. Helena y Samuel fueron escoltados por dos guardias hasta el interior del palacio, donde se encontraron con el Gran Magistrado.

El Gran Magistrado era un hombre anciano, con barba blanca y ojos sabios. Llevaba un sombrero puntiagudo y una capa violeta que le daba un aire misterioso. Helena se inclinó ante él en señal de respeto, mientras Samuel se quedó detrás.

"Bienvenida a la Ciudad de los Mil Espejos, Helena", dijo el Gran Magistrado con una voz profunda. "Me alegra que hayas aceptado mi invitación. Tengo un mensaje importante para ti, pero antes de entregártelo, debemos asegurarnos de que estás lista para lo que viene".

Helena asintió, un poco nerviosa. No sabía qué esperar, pero estaba dispuesta a enfrentar cualquier desafío que se presentara.

"La Ciudad de los Mil Espejos es un lugar de magia y misterio", continuó el Gran Magistrado. "Aquí, tus pensamientos y emociones se reflejarán en todo lo que te rodea. Los espejos son portales a otros mundos, y la ciudad está llena de ellos. Debes tener cuidado con lo que piensas y sientes, porque puede convertirse en realidad".

Helena asintió de nuevo, comprendiendo la importancia de sus palabras.

"Ahora, permíteme entregarte el mensaje", dijo el Gran Magistrado. "Hay un mal que se acerca a nuestra ciudad, un mal que amenaza con destruir todo lo que amamos. Y solo tú puedes detenerlo".

Helena se quedó sin aliento ante esas palabras. ¿Cómo podría ella, una simple mortal, detener un mal tan poderoso?

El Gran Magistrado pareció leer su mente. "Tienes habilidades especiales, Helena. Habilidades que aún no has descubierto. Debes buscar dentro de ti misma y encontrar la fuerza para enfrentar este mal. La ciudad está en tus manos".

Helena asintió con determinación. Sabía que no sería fácil, pero estaba decidida a hacer lo que fuera necesario para proteger la ciudad que tanto amaba.

CAPÍTULO 3: El Comienzo del Viaje

Helena salió del Palacio del Gran Magistrado con una mezcla de emoción y miedo. ¿Cómo iba a detener un mal tan poderoso? ¿Qué habilidades especiales tenía que aún no había descubierto?

Mientras caminaba por las calles de la ciudad, observando a la gente y a los edificios, se dio cuenta de que algo había cambiado. Todo parecía más brillante, más vívido, como si hubiera una luz mágica que envolvía todo lo que la rodeaba.

Fue entonces cuando lo vio. Un espejo enorme, colocado en medio de una plaza. Era tan grande que parecía un portal a otro mundo. Helena se acercó con cautela, observando su propio reflejo mientras se preguntaba qué secretos podría ocultar ese espejo.

De repente, un destello la hizo retroceder. Era como si el espejo hubiera cobrado vida y le estuviera hablando directamente. Helena parpadeó varias veces y se acercó un poco más para escuchar.

"Hola, Helena", susurró una voz suave y melodiosa. "Soy Espejo, el guardián de la Ciudad de los Mil Espejos. Me han enviado para ayudarte en tu búsqueda".

Helena se quedó boquiabierta. ¿Un espejo que hablaba? ¿Un guardián de la ciudad que la ayudaría?

Espejo pareció entender su confusión. "Sí, Helena, soy un espejo mágico. Y como guardián de la ciudad, conozco todos sus secretos. Con mi ayuda, podrás descubrir tus habilidades especiales y enfrentar el mal que se acerca".

Helena se sintió aliviada al saber que no estaba sola. Sabía que el camino que tenía por delante era peligroso, pero con la ayuda de Espejo, estaba lista para enfrentar cualquier desafío.

"¿Qué debo hacer?" preguntó Helena con determinación.

"Primero, debes encontrar a los otros guardianes de la ciudad", respondió Espejo. "Cada uno de ellos tiene un fragmento de la llave que te permitirá acceder a la fuente de la magia. Solo así podrás derrotar al mal que se acerca".

Helena asintió. "¿Cómo puedo encontrar a los otros guardianes?"

Espejo se iluminó con un brillo dorado. "Toma este mapa. En él encontrarás las ubicaciones de los otros guardianes y las pistas que te llevarán a ellos".

Helena tomó el mapa con cuidado y lo desplegó. Las ubicaciones estaban marcadas en diferentes lugares de la ciudad, algunas en las afueras y otras en los lugares más mágicos y misteriosos.

"¿Cómo sabré qué hacer cuando los encuentre?" preguntó Helena.

"Confía en tu intuición, Helena", dijo Espejo con una sonrisa. "La magia te guiará en el camino correcto. Ahora ve, el tiempo es corto y la ciudad necesita tu ayuda".

Helena se despidió de Espejo y empezó su búsqueda de los otros guardianes. Sabía que el camino por delante sería difícil, pero estaba decidida a encontrarlos y salvar la ciudad de los mil espejos.

CAPÍTULO 4:
El Primer Guardián

Helena miró el mapa en su mano y comenzó a caminar hacia la ubicación del primer guardián. Según el mapa, se encontraba en una zona de la ciudad conocida como el Bosque Encantado. Había oído historias sobre este lugar, un bosque denso y mágico lleno de criaturas místicas y peligrosas.

Mientras caminaba hacia el bosque, se concentró en su intuición, tratando de sentir la magia que la rodeaba. Podía sentir la energía en el aire, como una corriente eléctrica que la rodeaba.

Finalmente llegó a los límites del Bosque Encantado. Se adentró en el bosque, y poco a poco comenzó a ver las criaturas mágicas que lo habitaban. Algunas de ellas la observaban curiosas, otras la ignoraban por completo, pero ninguna se le acercó.

Después de caminar durante horas, finalmente llegó al claro en el que se encontraba el primer guardián. Era un anciano con barba blanca que vestía una túnica marrón y sostenía un bastón de madera en su mano.

"Saludos, joven Helena", dijo el anciano con una sonrisa. "Soy el primer guardián, el guardián de la sabiduría y la paciencia. ¿Qué te trae por aquí?"

Helena se acercó al anciano y le explicó su misión. Le contó sobre la llave y la necesidad de encontrar a los otros guardianes.

El primer guardián asintió con sabiduría. "Entiendo", dijo. "La llave es un objeto poderoso. Pero, antes de darte mi fragmento, debes demostrarme que mereces tenerlo".

Helena asintió, lista para cualquier prueba que se le presentara.

"Debes responder a tres acertijos", dijo el anciano. "Cada uno de ellos tiene una respuesta única y te llevará más cerca de mi fragmento. ¿Estás lista?"

Helena asintió con determinación. El anciano comenzó a hacerle los acertijos, uno tras otro. Helena se concentró en ellos, tratando de encontrar las respuestas. Finalmente, después del tercer acertijo, el anciano asintió con aprobación.

"Has demostrado tu sabiduría y tu paciencia, joven Helena", dijo el anciano. "Te he visto luchar y pensar con fuerza y determinación. Por lo tanto, te concedo mi fragmento de la llave".

El anciano extendió su mano y entregó a Helena una pequeña llave de plata. "Que este fragmento te guíe en tu búsqueda, y que te recuerde la importancia de la sabiduría y la paciencia", dijo.

Helena agradeció al anciano, guardando la llave en su bolsillo. Sabía que aún tenía un largo camino por recorrer, pero cada fragmento que obtuviera la acercaba más a su objetivo final.

Con el primer fragmento en su poder, Helena salió del Bosque Encantado, lista para enfrentarse a los desafíos que se avecinaban.

CAPÍTULO 5:
El Guardian de la Fuerza

Helena siguió su camino, utilizando el mapa para encontrar el siguiente guardián. Sabía que el siguiente fragmento estaba en manos del guardián de la fuerza, pero no sabía su ubicación exacta.

Después de días de caminar y buscar, Helena llegó a una ciudad en ruinas. Los edificios estaban destruidos y las calles estaban cubiertas de escombros y maleza. Era un lugar desolado y abandonado.

Mientras buscaba en la ciudad en ruinas, Helena escuchó un sonido detrás de ella. Giró y vio a un hombre musculoso, vestido con una armadura dorada, que se acercaba a ella.

"¿Quién eres tú?", preguntó el hombre con una voz profunda.

"Soy Helena, estoy en busca de los guardianes de la llave",

respondió ella con confianza.

"Yo soy el guardián de la fuerza", dijo el hombre. "Pero no te daré mi fragmento tan fácilmente. Tendrás que demostrarme tu habilidad y tu fuerza".

Helena sabía que no podía bajar la guardia. El guardián de la fuerza era conocido por ser un oponente formidable.

"Estoy lista para cualquier desafío que me presentes", dijo ella.

El guardián de la fuerza sonrió. "Bien, entonces demuéstrame que eres digna de mi fragmento. Pelearemos en un combate justo y honrado".

Helena se preparó para la batalla, sabiendo que tendría que usar toda su habilidad y fuerza para vencer al guardián. Los dos lucharon con ferocidad, moviéndose con velocidad y agilidad. La armadura del guardián de la fuerza le proporcionaba una gran protección, pero Helena encontró una abertura y logró golpearlo en el costado.

El guardián de la fuerza se tambaleó, sorprendido por el golpe. Helena aprovechó la oportunidad y lo derribó al suelo, poniendo su espada en su garganta.

"Está bien", dijo el guardián, asombrado por la habilidad de Helena. "Has demostrado tu fuerza y tu habilidad. Toma mi fragmento, y úsalo sabiamente".

El guardián sacó un pequeño cristal de su bolsillo y se lo entregó a Helena. Era un cristal de color rojo intenso, con un brillo radiante. "Este es mi fragmento de la llave", dijo el guardián. "Que te dé la fuerza y la perseverancia que necesitas en tu búsqueda".

Helena agradeció al guardián de la fuerza, sabiendo que aún quedaban más desafíos por delante. Pero estaba lista para enfrentarlos, armada con dos fragmentos de la llave en su poder.

CAPÍTULO 6: El Guardián del Conocimiento

Helena estudió el mapa para encontrar el siguiente guardián, y se dio cuenta de que tenía que viajar a través de un gran desierto para llegar a su destino. El camino fue difícil y cansado, con el sol ardiente en el cielo y la arena caliente bajo sus pies.

Finalmente, después de días de viaje, Helena llegó a una antigua biblioteca, que estaba en ruinas. Las paredes de la biblioteca estaban cubiertas de polvo y los libros estaban esparcidos por todo el lugar.

Helena buscó al guardián del conocimiento en la biblioteca, pero no pudo encontrarlo en ninguna parte. De repente, escuchó un ruido detrás de ella y se dio vuelta para enfrentar al guardián.

Era un anciano de aspecto sabio, con una larga barba blanca y una túnica oscura. Sus ojos brillaban con inteligencia y conocimiento.

"¿Quién eres tú?", preguntó el anciano.

"Soy Helena, estoy en busca de los guardianes de la llave", respondió ella.

"Yo soy el guardián del conocimiento", dijo el anciano. "Pero no te daré mi fragmento tan fácilmente. Tendrás que responder correctamente a mis preguntas".

Helena sabía que tendría que poner a prueba su inteligencia y conocimiento para ganarse el fragmento del guardián del conocimiento. El guardián comenzó a hacerle preguntas difíciles, pero ella logró responderlas correctamente.

Después de varias preguntas, el guardián del conocimiento sonrió. "Has demostrado tu sabiduría y conocimiento. Toma mi fragmento, y úsalo sabiamente".

El guardián del conocimiento sacó un pequeño cristal de su bolsillo y se lo entregó a Helena. Era un cristal de color azul profundo, con un brillo brillante. "Este es mi fragmento de la llave", dijo el guardián. "Que te dé el conocimiento y la inteligencia que necesitas en tu búsqueda".

Helena agradeció al guardián del conocimiento, sabiendo que ahora tenía tres fragmentos de la llave en su poder. Pero también sabía que aún quedaban más desafíos por delante.

CAPÍTULO 7: El Templo de la Llave

Helena estaba decidida a encontrar el último guardián y completar su misión. Con los fragmentos de la llave que ya tenía en su poder, estaba un paso más cerca de su objetivo.

Después de un largo viaje, finalmente llegó al lugar donde se decía que estaba el último guardián. Era un templo antiguo, rodeado de una densa jungla y protegido por una serie de trampas mortales.

Helena sabía que tendría que ser cuidadosa si quería sobrevivir a los peligros del templo y enfrentarse al guardián final. Con su determinación renovada, entró en el templo, dispuesta a hacer cualquier cosa para obtener la última pieza de la llave.

A medida que avanzaba por el laberinto del templo, Helena se enfrentó a desafíos cada vez más difíciles. Trampas mortales, rompecabezas complicados y enemigos poderosos obstaculizaban su camino. Pero con su astucia y habilidad, logró superar cada obstáculo y avanzar hacia su objetivo.

Finalmente, después de días de viaje, Helena llegó a la cámara final del templo. Allí estaba el último guardián, un hombre anciano vestido con una túnica blanca. Helena sabía que este era el momento decisivo, y se preparó para enfrentarse al guardián final.

"Saludos, Helena", dijo el guardián en una voz suave y tranquila. "Has superado muchos desafíos para llegar hasta aquí. Pero todavía hay una última prueba que debes superar antes de obtener la última pieza de la llave".

Helena asintió con determinación. "Estoy lista. ¿Cuál es la prueba final?"

"Debes enfrentarte a ti misma", dijo el guardián. "En esta cámara, encontrarás un espejo mágico que refleja tu verdadero yo. Si eres capaz de aceptar y superar tus debilidades y miedos, podrás obtener la última pieza de la llave".

Helena se acercó al espejo mágico y se miró a sí misma. En su reflejo, vio sus fortalezas y debilidades, sus triunfos y fracasos. Vio los momentos en que había sido valiente y los momentos en que había sido cobarde. Vio los errores que había cometido y las decisiones que había tomado correctamente.

Frente al espejo, Helena se enfrentó a sus miedos y debilidades. Con coraje y determinación, decidió aceptarlos y superarlos. Finalmente, vio su reflejo transformarse en una versión más fuerte y valiente de sí misma.

El guardián sonrió al ver el cambio en Helena. "Muy bien, has superado la última prueba", dijo. "Te has demostrado a ti misma que eres digna de poseer la última pieza de la llave".

El guardián le entregó una pequeña caja de madera tallada. Dentro había un cristal de color púrpura oscuro, con un brillo intenso. "Este es el último fragmento de la llave", dijo el guardián. "Úsalo sabiamente y desbloquea el poder de la llave".

Helena agradeció al guardián y salió del templo, con los cuatro fragmentos de la llave en su poder. Sabía que su misión estaba cerca de su fin y que finalmente podría desbloquear el poder de la llave. Pero también sabía que aún quedaba mucho trabajo por hacer y muchos peligros por enfrentar. Con su determinación renovada, se preparó para lo que viniera y salió hacia el horizonte, lista para completar su misión.

CAPÍTULO 8: El final y el comienzo

Helena se encontraba en un momento decisivo de su búsqueda. Sabía que el camino hacia su objetivo sería arduo y peligroso, pero estaba decidida a seguir adelante. Con los fragmentos de la llave en su poder, se dirigió hacia la ciudad de los mil espejos, el lugar donde se encontraba el último obstáculo que debía superar.

La ciudad era conocida por sus espejos mágicos, que reflejaban los miedos y deseos más profundos de aquellos que los miraban. Helena sabía que tendría que enfrentarse a sus propios demonios internos y superarlos para poder alcanzar su objetivo.

Cuando llegó a la ciudad, Helena se encontró con una gran multitud de personas que parecían perdidas y confundidas. Algunas se miraban a sí mismas en los espejos, mientras que otras parecían estar huyendo de algo invisible.

Helena entendió que los espejos estaban jugando con sus mentes, y se concentró en mantener su determinación y su propósito en mente. Con cuidado, avanzó por las calles de la ciudad, esquivando las trampas que le tendían los espejos.

Finalmente, llegó al corazón de la ciudad, donde se encontraba el espejo final, el que contenía el último fragmento de la llave. Pero para alcanzarlo, debía enfrentar su mayor miedo.

El espejo mágico le mostró una imagen de sí misma, luchando contra un enemigo temible y poderoso. Helena se sintió tentada a huir, pero se recordó a sí misma que su deber era proteger a su pueblo y completar su misión.

Con determinación, Helena enfrentó al espejo y se sumergió en su propia imagen reflejada. Se encontró luchando contra un ser oscuro y peligroso, pero no cedió ante su miedo. Con habilidad y astucia, logró derrotar al enemigo y alcanzar el fragmento final de la llave.

Con los cuatro fragmentos de la llave en su poder, Helena se dirigió hacia el lugar donde se encontraba el enemigo final, el hombre que quería utilizar el poder de la llave para sus propios fines egoístas. Sabía que sería la batalla más difícil de su vida, pero también sabía que tenía el deber de proteger a su pueblo y mantener el equilibrio en el reino.

Con su espada en mano y su determinación inquebrantable, Helena avanzó hacia su destino final, lista para enfrentarse al hombre que amenazaba su hogar y su misión.

CAPÍTULO 9:
La batalla final

Helena se acercó a la fortaleza donde se encontraba el hombre que quería utilizar el poder de la llave. Sabía que la batalla sería difícil, pero también sabía que no podía permitir que el hombre se saliera con la suya.

Al llegar a la entrada de la fortaleza, Helena fue recibida por una serie de trampas mortales y soldados fuertemente armados. Con habilidad y rapidez, logró superar las trampas y vencer a los soldados, abriéndose paso hacia el interior de la fortaleza.

Finalmente, Helena llegó al salón donde se encontraba el hombre. Él la miró con una sonrisa burlona y le preguntó si estaba lista para entregarle la llave.

Helena negó con la cabeza y desenvainó su espada. "Nunca te entregaré la llave", dijo ella con firmeza.

El hombre sonrió aún más ampliamente y desenfundó su propia espada. "Entonces tendremos que luchar", dijo él.

La batalla que siguió fue épica. Los dos combatientes eran igualmente hábiles y astutos, y se esforzaron al máximo para ganar la ventaja. Helena estaba decidida a proteger a su pueblo y a mantener el equilibrio en el reino, mientras que el hombre sólo buscaba su propio beneficio.

Pero al final, fue Helena quien prevaleció. Con una serie de hábiles movimientos, logró desarmar al hombre y poner fin a la batalla.

Cuando el hombre se rindió y admitió su derrota, Helena tomó la llave y la usó para sellar el poder que contenía. Sabía que la llave debía ser protegida para siempre, y se juró a sí misma que nunca permitiría que cayera en las manos equivocadas de nuevo.

Con su misión cumplida, Helena regresó a su hogar en la aldea, donde fue recibida como una heroína. Sabía que había enfrentado grandes peligros y desafíos, pero también sabía que había logrado proteger a su pueblo y mantener la paz en el reino.

Y mientras miraba hacia el horizonte, Helena sabía que siempre estaría lista para enfrentar cualquier desafío que se presentara en el futuro, sabiendo que siempre podría contar con su determinación y su valentía para superar cualquier obstáculo que pudiera surgir.

Printed in Great Britain
by Amazon

22809977R00020